Les chasseurs

Pour
O Serene One Sissons

Traduit de l'anglais par Isabel Finkenstaedt

Titre de l'ouvrage original : « The Hunter »
(Hutchinson's Children's Books, Random House UK Limited)
Loi numéro 49 956 du 16 juillet 1949 sur les publications
destinées à la jeunesse : septembre 1994
Dépôt légal : juin 1998
Imprimé en France par Mame Imprimeur à Tours

Paul Geraghty

Les Chasseurs

Kaléidoscope

l'école des loisirs
11, rue de Sèvres, Paris 6e

Tôt le matin, Jamina partit chercher du miel avec son grand-père.
Ils suivirent l'oiseau de miel loin dans la brousse.

« Je veux voir les éléphants ! » s'écria Jamina. « Grand-père, tu penses que nous en verrons ? »
« Tu aurais de la chance », dit le vieil homme. « Nous n'en voyons plus beaucoup depuis que les chasseurs sont venus. »
« Les chasseurs ! » Les yeux de Jamina s'illuminèrent. « Je veux devenir chasseur. »

Jamina joua aux chasseurs.
Elle tira sur le puissant éléphant ; elle pista
un rhinocéros jusque dans la forêt profonde ;
elle suivit une troupe de lions.
Alors seulement elle se retourna
pour rejoindre son grand-père.
Mais elle s'était trop avancée dans la brousse
– le vieil homme et l'oiseau de miel
avaient disparu.
Elle appela mais seul le silence
lui répondit.

C'est alors que Jamina entendit un bruit, porté par le vent.
Un cri triste et désespéré qui la bouleversa.
Elle retint sa respiration et écouta.

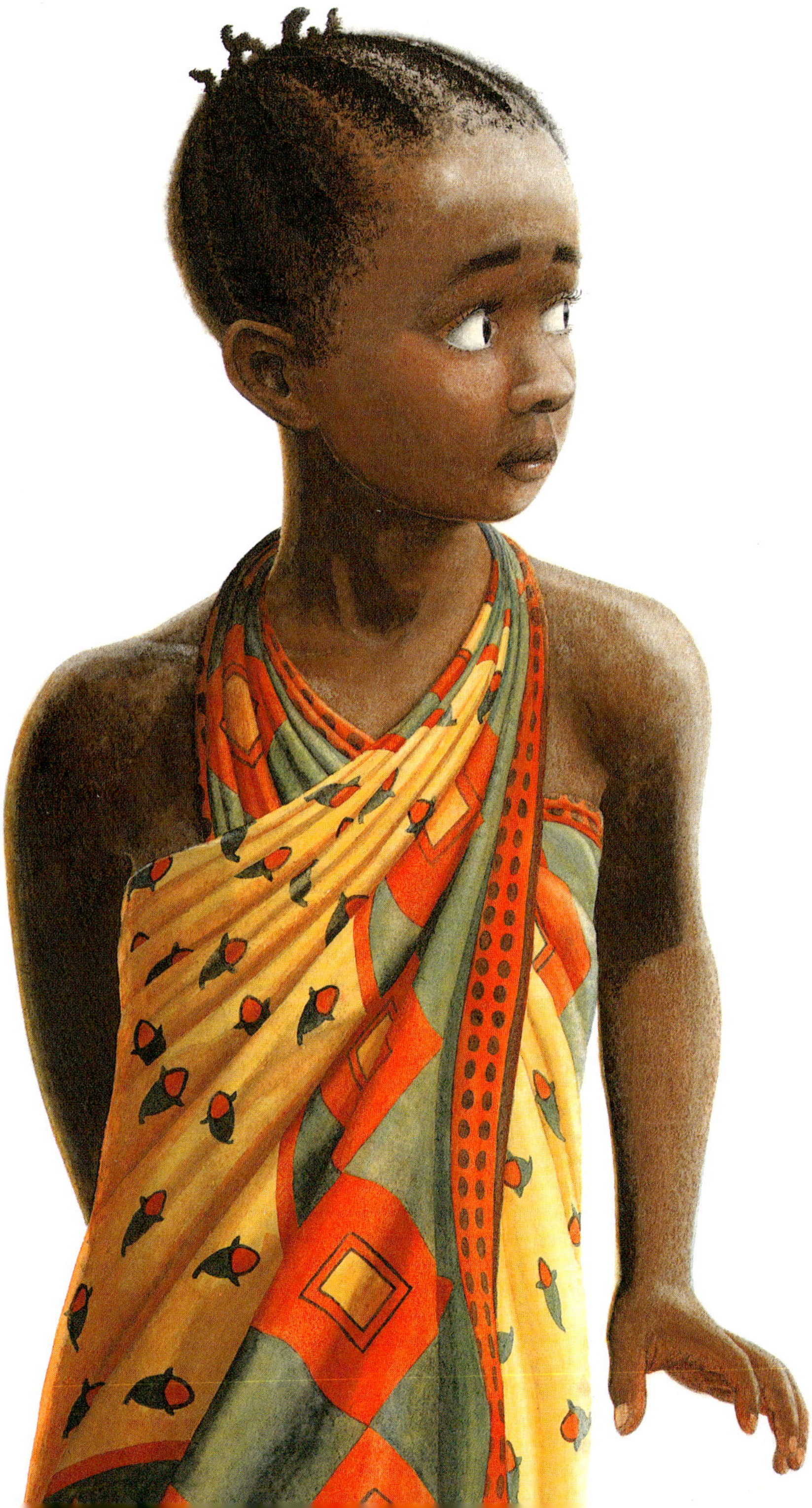

Jamina leva la tête.
Des vautours volaient
dans la lourde chaleur de midi.
Jamina se sentait cernée
par le danger.

« Ne pars jamais seule dans la brousse »,
lui avaient dit ses parents.
Mais le cri qu'elle avait entendu
était si mélancolique qu'elle ne pouvait
s'empêcher d'en chercher la provenance.
Elle s'enfonça de plus en plus dans la brousse…

…jusqu'à ce qu'elle parvînt à une clairière.
Là, elle trouva un tout petit éléphant
qui essayait en vain de réveiller sa mère.
Les chasseurs étaient venus et, comme Jamina,
l'éléphanteau était perdu et effrayé.
« Ne pleure pas, petit », lui murmura-t-elle.
Jamina pencha la tête pour écouter. Le reste du troupeau
était peut-être proche. Mais elle n'entendit que le bourdonnement
des insectes dans la chaleur. Et pas d'éléphants.

Elle savait que tout seul, l'éléphanteau ne survivrait pas.
Elle pourrait essayer de le ramener avec elle à travers la brousse,
et peut-être trouveraient-ils sa famille en chemin.
Mais l'éléphanteau avait peur.
« Je ne suis pas un chasseur, moi », dit-elle doucement.
Elle lui parla longtemps ; enfin il se calma et il se blottit contre elle.

Jamina se leva et marcha quelques pas. L'éléphanteau la suivit, titubant dans la chaleur brûlante. Puis vint la pluie, et, rafraîchi par l'eau, le petit éléphant trouva la force de continuer. Parfois ils glissèrent, se débattirent dans la boue, mais ils continuèrent de marcher dans l'orage.

Quand le ciel s'éclaircit, l'éléphanteau devint tout agité et l'espace d'une minute, Jamina crut entendre des éléphants. Mais lorsqu'elle s'arrêta pour écouter, elle ne reconnut que le bruissement du vent dans l'herbe. Pendant un long moment, l'éléphanteau refusa de bouger. Puis, triste et silencieux, il se remit en marche.

« Si tu es perdue », avait dit le grand-père de Jamina, « suis les troupeaux de l'après-midi ; ils te mèneront à la rivière. Notre maison est sur l'autre berge. »

Jamina et l'éléphanteau mirent longtemps
avant de trouver le troupeau de zèbres qui traversait la plaine.
Ils voyagèrent avec les animaux assoiffés dans la chaleur
de l'après-midi.

Alors que le soleil commençait à plonger dans le ciel, ils atteignirent enfin la rivière. Mais des yeux se cachaient dans l'eau et Jamina sentit le danger qui les menaçait.

« Ce n'est pas prudent de traverser ici, petit », dit-elle. « Nous devons continuer. »
En se retournant, Jamina crut voir des éléphants à l'horizon.
Elle cligna des yeux, mais ne vit que les acacias qui brillaient dans la chaleur brumeuse.

Jamina et l'éléphanteau repartirent, mais très vite le petit commença à ralentir.
« Allez, encore un effort », supplia Jamina. Mais l'éléphanteau était trop fatigué pour continuer. Jamina s'assit à côté de lui et pensa à sa mère. Si seulement elle pouvait l'appeler. Bientôt les siens s'inquiéteraient ; bientôt ils viendraient la chercher. Le petit pleurnicha.
Elle le caressa doucement. Lui n'avait même plus de mère à appeler.
« Chut ! » Jamina fit taire l'éléphanteau. On entendait des voix au loin.
« Mes parents ! » pensa-t-elle.

Mais les ombres au loin
n'étaient pas ses parents.
« Des braconniers ! » souffla-t-elle.
Maintenant Jamina se sentait chassée elle aussi.
Elle pria pour que l'éléphanteau ne fît aucun bruit.
Heureusement, il avait perçu le danger
et se tint silencieux.

La nuit tomba et les cris et hurlements des créatures de la nuit firent frissonner Jamina. Elle se blottit contre l'éléphanteau, et l'entoura de ses bras pour le rassurer. Au même moment, elle entendit tout près le grognement affamé d'un animal en chasse.
Alors que Jamina s'attendait à être pourchassée, puis dévorée, les mots de son grand-père lui revinrent à la mémoire.
« Si un jour tu es en danger », lui avait-il dit, « ne perds jamais espoir. »
Et Jamina tendit l'oreille en pensant à ses parents. Elle ferma les yeux et fit un vœu.

Mais une fois les yeux fermés, elle vit défiler des images d'éléphants :
les grands troupeaux d'autrefois, les puissants mastodontes
que son grand-père avait connus dans sa jeunesse.
Des ombres énormes traversant les plaines tels des fantômes.
Elle pouvait entendre leur murmure profond et doux.

Quand elle rouvrit les yeux, elle était entourée d'éléphants, comme si elle les avait appelés dans son rêve. Jamina n'avait pas peur. « Emmenez ce petit », leur dit-elle. « Et prenez soin de lui. »

À la première lueur du jour, la maman de Jamina la retrouva endormie dans l'herbe.
« Je jouais aux chasseurs et je me suis perdue », dit Jamina
Elle resta tout près de sa maman sur le chemin du retour.
« Je ne serai jamais chasseur », se dit-elle en arrivant au village.